POUR L'AMOUR D'UNE GRENOUILLE

Données de catalogage avant publication (Canada)

Marchand, Marie-Nicole, 1960-

  Pour l'amour d'une grenouille

  (Le raton laveur)
  Suite de: Une grenouille au château.
  Pour enfants de 3 à 8 ans.

  ISBN 2-920660-65-9

  I. St-Aubin, Bruno. II. Titre. III. Collection: Raton laveur (Mont-Royal,
  Québec).

PS8576.A633P68 2001   jC843'.54   C2001-940407-7
PS9576.A633P68 2001
PZ23.M37Po 2001

À Nicole, ma mère,
ainsi qu'à la mémoire
de Cécile et Malvina,
ces conteuses…

Le Conseil des Arts | The Canada Council
du Canada | for the Arts

Modulo Jeunesse remercie
le Conseil des Arts du Canada du soutien
accordé à son programme d'édition dans
le cadre du programme des subventions
globales aux éditeurs.

Cet ouvrage a été publié
avec le soutien de la SODEC.

Nous reconnaissons l'aide financière du gouvernement
du Canada par l'entremise du Programme d'Aide au
Développement de l'Industrie de l'Édition (PADIÉ)
pour nos activités d'édition.

Dépôt légal – 2e trimestre 2001
Bibliothèque nationale du Québec
Bibliothèque nationale du Canada
ISBN 2-920660-**65**-9

© Modulo Jeunesse, 2001
233, av. Dunbar, bureau 300
Mont-Royal (Québec)
Canada H3P 2H4
Téléphone: (514) 738-9818 / 1-888-738-9818
Télécopieur: (514) 738-5838 / 1-888-273-5247
Site Internet: www.modulo.ca

Imprimé au Canada

POUR L'AMOUR D'UNE GRENOUILLE

Texte:
Marie-Nicole Marchand

Illustrations:
Bruno St-Aubin

Le Raton Laveur

Par un bel après-midi ensoleillé, deux grenouilles se reposent sur un nénuphar. L'une d'elles soupire.

«Quel ennui! Comme je regrette ma vie au château! Là-bas, je parcourais les corridors dans mes jolies robes au lieu de patauger dans cet étang humide. Je me délectais de mets raffinés plutôt que de manger ces mouches dégoûtantes. Je pense aussi à mon lit douillet, qui est vide, alors que je dois dormir dans la vase.

«Et puis, ajoute cette grenouille qui n'en est pas vraiment une, je songe au roi et à la reine, mes parents. J'entends parfois leurs appels du château. Je sais que ma disparition les inquiète et qu'ils me cherchent. Mais je ne peux me montrer à eux sous forme de grenouille: jamais ils ne me reconnaîtraient! Ah! si je ne t'avais pas embrassé, rien de tout cela ne serait arrivé!»

La seconde grenouille rétorque:

«Et moi, j'étais un prince avant qu'une sorcière me transforme en grenouille à cause de mes moqueries. Je ne pouvais pas prévoir que le mauvais sort s'étendrait à toi aussi.

— Tout le monde sait bien, pourtant, qu'il ne faut jamais, JA-MAIS se moquer d'une sorcière, ronchonne la princesse. C'est bien ta faute!»

Le prince-grenouille, penaud, réfléchit à voix haute:

«Si la sorcière peut jeter un tel sort, peut-être lui est-il possible de l'annuler?»

À ces mots, la princesse-grenouille saute de joie.

«Pourquoi ne pas y avoir pensé plus tôt? Partons immédiatement à sa recherche!»

Le prince-grenouille craint les réactions de la sorcière. Mais l'enthousiasme de la princesse balaie ses hésitations et, sans plus attendre, ils se mettent en route.

À peine se sont-ils éloignés des limites de l'étang qu'un serpent se dresse sur leur chemin.

«SSSCes grenouilles SSSsemblent déliSSScieuses», siffle le serpent. Et il s'approche, les mâchoires grandes ouvertes.

La princesse-grenouille est pétrifiée de peur. Désireux de la protéger, le prince-grenouille bondit tout autour du serpent en criant:

«Essaie de m'attraper si tu le peux!»

Le serpent se fâche.

«ESSSspèce de batraSSScien à reSSSsort! SSSC'est donc toi que je vais déguSSSster en premier!»

Le serpent tourne, retourne et se tortille tant pour attraper le prince-grenouille qu'il se retrouve plein de nœuds de la tête à la queue.

«Vite! crie le prince-grenouille. Sauvons-nous avant que le serpent se dénoue!»

La princesse-grenouille, émue que son prince ait ainsi risqué sa vie pour la sauver, le suit sans dire un mot.

«Je ne le croyais pas si courageux», s'étonne-t-elle en son for intérieur.

Ils poursuivent leur route. En cherchant des indices qui lui permettraient de retrouver la sorcière, le prince s'écarte de plus en plus du sentier. Tout à coup, il s'enlise dans la vase gluante d'un marécage.

«Au secours! Au secours!» crie l'infortuné en tentant de se libérer. Malheureusement, plus il se débat, plus il s'enfonce.

Alertée, la princesse accourt. Mais dès qu'il la voit, le prince s'écrie: «N'approche pas, c'est trop dangereux!»

La princesse hésite. La vue d'arbrisseaux tout près lui donne une idée…

Enfin en sûreté, le prince remercie la princesse.

«Tu as été très courageuse. Tu aurais pu y tomber toi aussi! Je ne me doutais pas que tu tenais autant à moi.»

La princesse semble mal à l'aise. Elle n'est pas prête à admettre qu'elle éprouve des sentiments pour le prince. Aussi marmonne-t-elle:

«Il n'y a que toi qui puisses reconnaître la sorcière responsable de ce sortilège. Il fallait bien que je te sauve!»

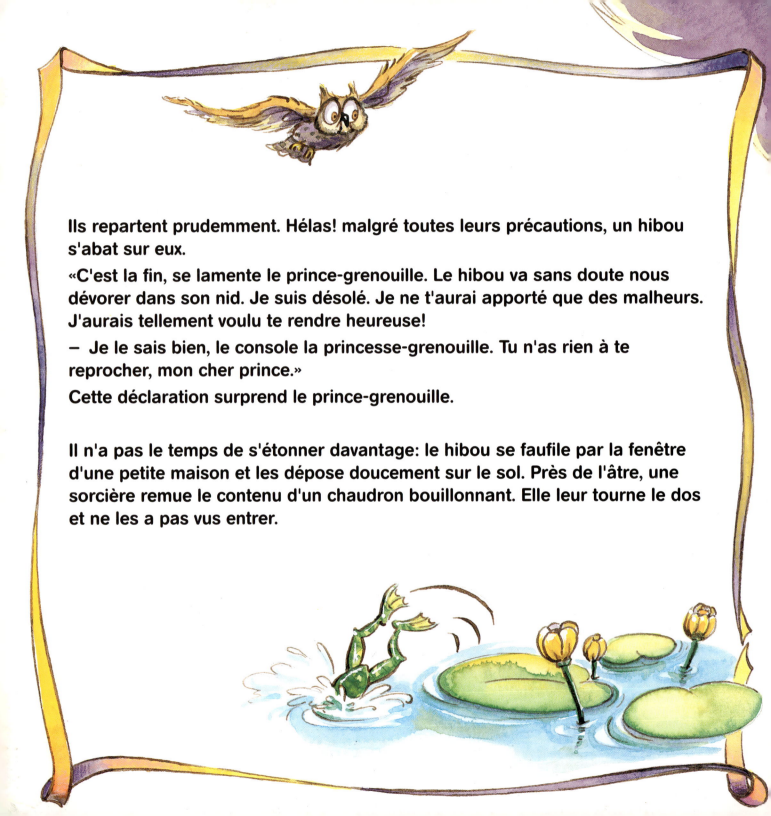

Ils repartent prudemment. Hélas! malgré toutes leurs précautions, un hibou s'abat sur eux.

«C'est la fin, se lamente le prince-grenouille. Le hibou va sans doute nous dévorer dans son nid. Je suis désolé. Je ne t'aurai apporté que des malheurs. J'aurais tellement voulu te rendre heureuse!

— Je le sais bien, le console la princesse-grenouille. Tu n'as rien à te reprocher, mon cher prince.»

Cette déclaration surprend le prince-grenouille.

Il n'a pas le temps de s'étonner davantage: le hibou se faufile par la fenêtre d'une petite maison et les dépose doucement sur le sol. Près de l'âtre, une sorcière remue le contenu d'un chaudron bouillonnant. Elle leur tourne le dos et ne les a pas vus entrer.

«Vous êtes ici chez Vipère la sorcière, les informe aimablement le hibou. Faites attention de ne pas la mettre en colère, car elle a très mauvais caractère et vous pourriez vous en repentir.

«Je m'appelle Alchimie, poursuit le hibou. Autrefois, j'étais un célèbre magicien. Mais lors d'un tournoi de sortilèges, Vipère et moi avons parié que le perdant serait transformé en hibou et deviendrait l'assistant du gagnant. J'ai perdu…

— Ce doit être terrible de vivre avec une sorcière, compatit la princesse-grenouille.

— Vous savez, répond le hibou, la sorcière a ses bons moments. J'ai même une certaine influence sur elle! Et quand je m'ennuie trop, je vais chercher des invités, comme vous… Veuillez excuser la manière: je suis obligé d'agir ainsi, car autrement personne n'accepterait de venir dans la maison d'une sorcière.»

À ce moment, Vipère se tourne vers eux.

Le prince-grenouille est stupéfait.

«C'est elle! murmure-t-il. C'est la sorcière responsable de notre sort! Quelle chance nous avons!

— Tu dois la convaincre de nous aider», supplie la princesse.

Le prince-grenouille s'avance et dit à voix haute et claire:

«Sorcière, me reconnais-tu? Je suis le prince que tu as changé en grenouille, un jour où je me trouvais sur ton chemin.

— Si tu savais le nombre de grenouilles qui se prétendent princes! ricane Vipère. Et puis, qu'est-ce que ça peut faire?»

Le prince ne se décourage pas.

«Je suis venu m'excuser et te demander humblement d'annuler ce sort.»

La sorcière éclate d'un rire qui n'a rien de plaisant.

«Pourquoi le ferais-je? Si je t'ai transformé en grenouille, c'est que tu le méritais sûrement!»

Tous les espoirs de la princesse s'envolent d'un coup.

«C'est inutile, dit-elle au prince-grenouille. Viens, retournons à l'étang.»

Le prince s'écrie plutôt:

«Tu as bien raison, Vipère la sorcière. Je suis le seul responsable de mon état, puisque j'ai osé me moquer de toi. Mais cette pauvre princesse est innocente. Délivre au moins ma compagne de ce triste sort!»

La princesse est ébahie. Le sacrifice du prince révèle la profondeur de son amour. Et pour la première fois, elle s'interroge sur ses propres sentiments.

La sorcière, qui les a observés quelques secondes en silence, sourit méchamment et dit:

«C'est d'accord. J'accepte ta requête. Ta compagne deviendra princesse et tu resteras grenouille. Ça fera un beau couple! Ah! ah! ah!»

Vipère dépose la princesse-grenouille sur la table, s'éloigne
de quelques pas et lève sa baguette.

Mais la princesse saute de la table
au moment même où, de la baguette tordue,
jaillit un éclair éblouissant qui ne frappe que le vide.

«Par les poils de la Grande Chauve-Souris! jure
la sorcière, furieuse. Un sort jeté pour rien!»

Le prince-grenouille est abasourdi.

«Qu'as-tu fait? Tu as gâché ta seule chance!»

La princesse, toujours grenouille, lui sourit.

«J'ai réalisé que je t'aime et que mon véritable souhait est de vivre avec toi.
Même si pour cela je dois être une grenouille… Rentrons chez nous,
maintenant.»

Alchimie s'empresse de ramener les grenouilles à leur étang avant que
la sorcière, dans sa rage, les transforme en sauterelles grillées ou en
cornichons marinés.

Et c'est ainsi que le prince et la princesse poursuivent leur vie de grenouilles comme auparavant... à la différence que la princesse est maintenant heureuse!

Alchimie vient parfois leur rendre visite. Il est devenu leur ami et le témoin de leur nouveau bonheur.

«Ne perdez pas espoir, leur répète-t-il. Vipère peut changer d'idée. Je lui parle souvent de vous.

— Je préfère ne pas la revoir, frissonne la princesse. Elle pourrait aussi vouloir se venger du sort gaspillé.»

Le temps s'écoule paisiblement pour la petite faune de l'étang... jusqu'au jour où une ombre menaçante apparaît au-dessus des nénuphars.

«C'est Vipère sur son balai! s'écrie le prince-grenouille.

— Elle vient sûrement nous transformer en vers de terre, ou pire encore!» bredouille la princesse d'une voix tremblante.

Dans un incroyable coup de tonnerre, un éclair jaillit et s'abat sur les grenouilles.

Quand la fumée se dissipe, le prince et la princesse toujours enlacés sont debout dans l'étang, heureusement peu profond.

«Vous pouvez remercier Alchimie. Et que je ne vous revoie plus jamais!» lance la sorcière en s'éloignant dans le ciel.

«Nous… nous ne sommes plus des grenouilles? balbutie la princesse, sidérée. C'est la première fois que je te vois ainsi. Comme tu es beau!

— Et toi, tu es la plus merveilleuse princesse du monde, lui répond tendrement le prince. À présent, nous pouvons aller rejoindre tes parents.»

✳ ✳ ✳

Le roi et la reine, qui croyaient ne jamais revoir leur fille après sa mystérieuse disparition, organisèrent une grande fête pour célébrer son retour en compagnie d'un prince si charmant. Il y eut des réjouissances dans tout le pays! Surtout lorsque le prince et la princesse annoncèrent leur mariage…

Et comme dans les contes de fées, ils vécurent heureux et eurent… quelques enfants!

À leur tour, le prince et la princesse devinrent roi et reine. Ils furent des monarques aimés et respectés, car ils régnèrent avec justice et bonté sur tout le royaume, pendant fort longtemps.

Et lorsque certains s'étonnaient du choix de leur blason, ils se contentaient de sourire…